김은미 글·그림

딸과 며느리, 아내와 엄마라는 이름과 더불어 그림을 그리고 글을 쓰는 일을 하고 있습니다. 딸이었을 때는 몰랐던 엄마의 삶. 엄마가 되어 보니 아이를 잘 키우는 일이 세상 무엇보다 어렵더군요. 세상의 엄마들에 대한 감사와 사랑을 이 책에 조금이라도 보태고자 했습니다. 앞으로도 지나치는 작은 것들에 대한 소중함을 이야기하고, 그림으로 담고 싶습니다. 최근 작으로는 『이야기를 그려 드립니다』가 있습니다.

선물

선물

김은미 글·그림

누군가의 딸이자 엄마인 당신에게

오늘은 할 일이 많아 일찍 눈이 떠졌습니다. 창문을 여니 눈이 내리고 있네요. 올해의 첫눈입니다.

그녀가 태어난 70년 전 오늘도 눈이 내리고 있었다고 합니다. 그해 겨울은 유독 추웠고 눈도 많이 내렸대요. 누구도 여유롭지 못하던 시절, 배 속에 아이를 품었던 그녀의 어머니는 하루하루 기도하는 마음으로 아기가 태어날 날을 기다렸습니다.

그 시절은 지금과 달리 아이를 낳을 병원도 조리원도
제대로 없었지요. 하얀 무명 기저귀 한 필과 배냇저고리
두어 벌, 깨끗이 빨아 씌운 솜이불 한 채를 준비하는 것만이
기다림의 전부였대요.

아침부터 소리 없이 흩날리던 눈발과 함께 시작된 진통은
해 질 녘이 되어 눈이 수북이 쌓일 때까지 계속되었습니다.
오랜 진통에 지쳐 기진맥진할 때쯤 아기가 태어났죠.

작고 까맣고 건강한 딸이었어요.

아기의 이름은 '윤옥'이라고 지었답니다.

손이 귀한 집안이라 아들을 기대하는 분위기였지만,

그녀의 어머니는 딸을 낳은 것이 좋았대요.

윤옥은 아버지의 기질을 닮아 밝고 활동적이었답니다.
잘 먹고 잘 웃고, 크게 보채는 일이 없었죠.
대여섯 살쯤 되자 집 안보다 밖에서 시간을 보내는 날이
더 많았습니다. 들풀과 나뭇가지를 엮어 그릇을 만들고
꽃잎으로 들꽃 밥상을 차리기도 하고요. 동네 남자아이들과
구슬치기도 하고 땅따먹기도 즐겨 했대요. 여자애가 너무
극성스러운 거 아니냐는 핀잔을 듣기도 했지만, 아이는
아랑곳없이 늘 씩씩하고 즐거웠습니다.

그러고 보니 이제 아홉 살 된 우리 딸도 밖에서 노는 것만
좋아하는 게 그녀를 꼭 닮았네요.
"이제 아침 먹어야지!"
오늘은 준비할 게 많은 날이니 아침은 간단히 먹기로
했습니다. 저녁에 국 끓일 미역 먼저 불려 놓아야겠어요.

남동생이 둘 생기고 윤옥이 일곱 살이 되자, 곧 국민학교에
가야 한다고 아버지가 글씨를 가르쳐 주었대요. 요즘
아이들이야 유치원에서 전부 배워 오지만, 그 시절
유치원이란 귀한 곳이었죠.
아버지는 저녁마다 밥상을 펴고 마주 앉아, 가위부터
기차까지 그림도 그려 주고 "기역, 니은" 하면서 글씨도
쓰게 하며 한참이나 있었답니다.

거뭇거뭇 회색빛 종이에 걸려 연필은 자주 부러졌지만,
그때마다 칼로 연필을 예쁘게 깎아 주시던 아버지와의
독대가 윤옥은 좋았대요. 그래서 글씨를 모두 익혔어도
모른 척 틀리기도 하고, 다 쓴 종이로 비행기며 개구리며
자꾸 접어 달라고 조르기도 했습니다.

붉은 치마에 잔꽃 무늬 블라우스, 붉은 재킷까지,
서울에서 회사에 다니는 외삼촌이 보내 준 예쁜 새 옷에
깨끗한 손수건을 달고 국민학교 입학식에 갔습니다.
그때부터 윤옥은 붉은색을 좋아했나 봅니다.
맨 뒷줄에서 남동생이 자기도 학교에 가고 싶다며 울고
떼쓰는 소리가 한참이나 들렸지만, 윤옥은 선생님 얼굴에서
눈을 떼면 큰일이라도 나는 듯이 긴장한 표정으로 앞만
바라보았습니다.

풍금 소리에 맞춰 큰 소리로 노래를 부르던 음악 수업은 즐거웠지만, 종이 칠 때까지 걸상에 딱 붙어 앉아 선생님 말씀을 들어야 할 때는 좀이 쑤시고 무척 힘들었대요.

그래도 윤옥은 학교 다니는 일이 즐거웠습니다.

하지만 중학교에 진학하고 얼마 안 있어 아버지의 건강이 안 좋아지셨어요. 남들보다 조금 나은 형편이던 집안도 중학교를 졸업할 때쯤 되자 어려워지기 시작했고요.

윤옥이 고등학교에 진학하려고 하자, 할머니는 여자애가 고등학교에는 뭐 하러 가느냐며 화를 내셨죠. 남동생 둘의 학비를 대기도 어렵다고요. 평소 선생님이 되고 싶었던 윤옥이 울면서 며칠을 조르고, 어머니도 할머니를 간곡히 설득했습니다. 여상에 다니면서 학비를 벌겠다는 다짐을 받고서야 겨우 고등학교에 갈 수 있었대요.

바람 불고 눈 쌓인 길을 걸으며, 어쩔 수 없이 자신의 꿈을 접어야 했던 열일곱의 윤옥이 안쓰러워, 그 마음을 자꾸 생각해 보게 되네요.

윤옥은 학교에 다니며 아버지 친구분의 작은 식당에서
카운터 일을 보게 되었어요. 주인 부부는 아직 열일곱밖에
안 된 계집애가 야무지고 일도 잘한다고 흡족해했대요.
저녁에는 학교에 가서 '부기'며 '타자'며 밤늦게까지 공부를
해야 했는데도 그 시간이 하루 중 제일 좋았다고 해요.

장을 보고 집으로 돌아가는 길. 예쁜 꽃집에 눈이 갑니다.
오늘 저녁 식탁에 꽃을 꽂아도 좋을 것 같아요. 소녀였던
윤옥을 생각해서라도요.

오늘은 특별한 날이니까요.

졸업 후 윤옥의 첫 직장은 왕십리에 있는 명신상사였습니다. '상사'라는 간판을 걸었지만, 라디오 부품을 만드는 공장이었대요.

윤옥은 그 공장에서 경리직을 맡아 "미스 정"이라고 불렸어요. 처음 듣는 호칭이 어색했지만, 그렇게 싫지만은 않았답니다.

어른이 된 것 같은 기분이 들었다고요.

왕십리 주변의 공장들로 직장을 두어 번 옮기는 동안에도 미스 정은 계속 미스 정으로 불렸습니다. 장부 작성도 잘하는 미스 정, 사무실 정돈도 잘하는 미스 정, 커피도 잘 타는 미스 정.

윤옥은 그렇게 받은 월급으로 동생들 대학 등록금도 내고, 어머니께 생활비도 꼬박꼬박 드렸습니다.

동생들은 공부를 잘해 서울에서 좋다고 하는 대학에 줄줄이
입학했습니다. 윤옥은 동생들의 대학 등록금을 대느라
자기가 하고 싶었던 공부를 다시 시작하지 못했고요.
돈을 모아 대학에 가려던 꿈은 접어야만 했습니다.
가족들은 그것이 당연하다고 생각했고, 어머니만이
윤옥에게 늘 미안하단 말씀을 하셨대요.

동생들의 뒷바라지가 끝날 즈음이 되자, 아버지는
나이를 훌쩍 먹은 윤옥에게 "이제 빨리 좋은 짝을 만나
시집가야지"라며 걱정을 했어요. 어머니는 고마움과
안쓰러움을 담아 "우리 착한 딸… 착한 딸 미안해서 어쩌나"
자꾸 얘기를 했고요.
윤옥은 시집가라는 말도, 착한 딸이라는 말도 싫었다고
해요.

윤옥이 포기해야 했던 시간은 그 무엇으로도 바꿀 수
없었으니까요.

그러던 윤옥에게도 설레고 따뜻한 빛으로 일상의 행복을
알게 해 주는 사람이 생겼답니다. 회사 심부름으로 자주
들르던 약국의 말수가 적던 약사 선생님이 수줍게 건넨
편지, 무뚝뚝한 줄만 알았던 약사님이 한 자 한 자 꾹꾹
눌러쓴 편지에는 윤옥의 지난 모습이 다정하게 담겨
있었습니다.
감기약이나 소화제 같은 자잘한 심부름으로 약국에 들렀던
날들과 퇴근길 그 앞을 지나던 매일매일의 모습이 따뜻한
눈에 담겨 고운 말로 쓰여 있었죠.

윤옥도 작은 눈을 반짝이며 바라보던, 수줍지만 진중한
모습이 좋았더래요.

풍선은 나중에 장식하자고 했는데도 딸아이가 고집을 부리네요. 오늘 장식은 자기에게 맡기라나요. 그래도 음식 만드는 걸 돕겠다고 나서지 않아 다행입니다. 여기저기 흘리고 쏟고…. 도와주는 게 아니라 일을 더 만드니까요.

아무튼 못 말리는 녀석이에요.

윤옥의 교제 사실을 안 아버지와 어머니는 고등학교밖에 못 나온 윤옥에게 약사가 웬 말이냐며, 감지덕지한 이 혼사를 빨리 추진하라고 성화셨습니다.
그렇게 서둘러 덤핑 처리 하려 할 만큼 자신이 못 미더운 딸이냐며 퉁퉁 싫은 티를 냈지만, 그 사람과의 결혼이 싫은 건 아니었대요. 이 남자라면 한 가정을 이루고 아이를 낳고 함께 나이 들어가는 것이 힘들지 않을 것 같았다고요.

그렇게 윤옥은 결혼을 했습니다. 약국에 딸린 작은 단칸방에 신접살림을 차렸고요.

이듬해 엄마가 되었습니다.

바로 나의 엄마.

엄마는 약국의 그 작은 방에서 나를 낳았대요. 병원에
가려고 했는데, 통금 시간에 걸려 양수가 터지는 바람에
주인집 할머니가 받아 주었다고 해요.
아빠는 침착하고 느긋한 성격임에도 발을 동동 구르며
아기가 언제 나오는지 보채고 되묻고를 반복했다고
합니다. 산통으로 정신없는 와중이었는데도, 엄마는
그 대화가 다 기억난다고 했어요.

두고두고 그 얘기를 할 때마다 이 말을 빼놓지 않고요.
"얘, 나는 널 낳다가 죽는 줄 알았다."

엄마는 원체 잠이 많았는데, 나는 누굴 닮았는지 곤하게 잠든 것 같아 뉘이면 금세 숨넘어가게 보채며 우는 통에 밤이고 낮이고 제대로 못 자는 날들이 이어졌대요. 그래서 추욱 처진 몸으로 하루 종일 나를 업고 쭈그려 앉은 채 설거지와 빨래를 해야 했고요. 돌이 지나서야 약국에 딸린 단칸방에서 입식 부엌이 있는 방 두 칸짜리 집으로 이사를 갔답니다.

그 집이 내가 기억하는 첫 우리 집이에요.

작은 마당이 있고, 거기엔 장미 넝쿨이 심겨 있었어요.
그 옆으로 따로 세를 내어 준 방이 하나 있었고요.
엄마는 봄이면 그 작은 마당에 팬지, 데이지 같은 모종을 심고 가꾸었어요. 쓸고 닦고, 오래된 거실의 뿌옇던 나무 바닥이 반짝반짝 빛이 날 정도로 엄마는 그 집에 애착이 많았어요.
그곳에서 나는 걷고 뛰고 유치원에 가고 학교를 다녔습니다.

엄마는 넉넉한 형편이 아님에도 값싼 재료로 값비싼
요리만큼 맛있는 밥상을 차려 주었고, 알록달록한 털실로
겨울마다 목도리와 장갑, 스웨터 같은 것을 직접 떠서 입혀
주었어요.
자신이 못 했던 걸 보상이라도 하듯이 나를 잘 키우는 일에
열중하셨죠. 그러면서도 간혹 한숨처럼 "얘, 너는 결혼하지
말고 너 하고 싶은 일 하고 살아"라고 얘기하곤 했지요.

엄마도 사랑받는 딸이었지만, 정작 자신이 원하던 삶은
접어야 했어요. 그래서인지 육아와 살림으로 빈틈없이
돌아가는 하루하루 안에서도 한숨과 허전함이 느껴질 때가
있었습니다.

크면서 때로는 마음과 달리 날카롭고 모진 말을 쏟아붓던
날들이 있었고, 엄마의 얘기를 잔소리로 여기며 듣지 않던
때도 있었어요. 그때는 그런 엄마를 이해하지 못했지만,
나 역시 결혼을 하고 아이를 키우는 엄마가 되어 보니,
그 마음을 어렴풋이 알 것도 같습니다.

그래서 오늘은 내가 엄마를 위해 준비한 하루입니다.

오늘은 그녀의 칠십 번째 생일이거든요.

엄마의 솜씨를 닮지 않아 십 년이 지나도 음식과 살림은
영 자신이 없지만, 처음으로 따뜻한 생일상을 차려 드리고
싶었습니다.

어릴 적부터 생일이면 한 해도 빠지지 않고 따뜻한
미역국을 끓여 주던 엄마.

나의 다정한 엄마에게 해 드릴 수 있는 게 많지는 않네요.

늘 누군가를 챙기고 보살피던 엄마가 오늘은 주인공입니다.

생일 축하해요.

그러고 보니 그동안 엄마가 무엇을 좋아하고 무엇을
갖고 싶어 하는지조차 모르고 살았더군요.
너무 무심한 딸이었어요.

엄마가 어릴 적 겨울마다 해 주었듯이, 나 역시 손수 선물을
준비해 보려 했습니다. 엄마의 야무진 손재주만큼은
아니지만, 지난가을부터 한 줄 한 줄 천천히 떠 내려갔어요.
엄마가 들려주던 옛날 그녀의 어린 시절을 생각하면서요.

나의 엄마로 태어나 줘서 고마워요.

그리고 사랑해요.

시니어 그림책 3
선물

2019년 12월 23일 1판 1쇄 인쇄
2020년 1월 10일 1판 1쇄 발행

글·그림　김은미
펴낸이　한기호
책임편집　정안나
편집　도은숙 유태선 염경원 김미향
경영지원　국순근
펴낸곳　백화만발
　　　　출판등록 2019년 4월 17일 제2019-000120호
　　　　주소 04029 서울시 마포구 동교로 12안길 14(서교동) 삼성빌딩 A동 2층
　　　　전화 02-336-5675 팩스 02-337-5347
　　　　이메일 kpm@kpm21.co.kr
　　　　홈페이지 www.kpm21.co.kr

ISBN 979-11-968626-3-3 (07810)
　　　979-11-968626-0-2 (세트)

· 백화만발은 한국출판마케팅연구소의 임프린트입니다.
· 잘못된 책은 구입처에서 교환해드립니다.
· 책값은 뒤표지에 있습니다.
· 이 도서의 국립중앙도서관 출판예정도서목록(CIP)은 서지정보유통지원시스템 홈페이지(http://seoji.nl.go.kr)와 국가자료공동목록시스템(http://www.nl.go.kr/kolisnet)에서 이용하실 수 있습니다. (CIP제어번호 : CIP2019050082)

백화만발 '시니어 그림책' 시리즈는…

그간 주요 독자 대상에서 소외되었던 5090 세대의 삶을 아름다운 그림과 생생한 이야기로 담은 책입니다. 친근한 소재와 따뜻한 그림으로 어른들의 인생을 응원하고, 감사의 마음을 전하고자 합니다.

평범하게 사는 이 땅의 어머니 아버지 들에게 따뜻함과 애잔함 그리고 뿌듯함을 느끼게 해 주는 감동적인 그림책입니다.
김민선/제주 해내리 책모임

이 그림책 시리즈를 통해 아흔 살에 장미 전문가가 되려는 꿈을 꾼 타샤처럼 책 읽는 즐거움을 알아 가는 시니어가 많아질 듯합니다.
변춘희/어린이책시민연대 활동가

시니어 세대가 육체적, 정신적, 경제적, 문화적 약자로 전락하는 요즘, 그들을 위한 그림책 시리즈가 출간되었습니다. 주변 시니어와 공감할 수 있는 계기가 되어 새로운 사회적 가치와 행복한 삶을 추구하는 동기를 제공하리라 생각합니다. 무엇보다 젊은 세대도 편안하게 접하는 그림책으로 시니어의 삶을 들여다볼 기회가 될 것입니다. 오지은/광진정보도서관장, 덕성여대 겸임교수

이 시리즈를 읽고 나면 누구나 세월에 묻어 두었던 마음 한 자락을 슬며시 꺼내어 웃게 될 것입니다. 담담하고 따뜻한 이야기 속을 자박자박 거닐다 문득 내 어머니 이야기가 궁금해졌습니다.
이원혜/서대문50플러스센터 교육사업팀장

중장년 남성이 대개 그렇듯 삶의 무게로 인해 인생을 고민할 여유도 없이 지냈습니다. 그러던 터에 '시니어 그림책'을 읽으며 아련한 추억이 떠올랐습니다. 미래의 내 모습은 어떨까 상념에 빠지기도 했고요. 일상의 소중함을 일깨워 주고 평온을 주는 그림책을 만나 행복해졌습니다. 백광세/코리아에셋투자증권 부사장